NOTICE

DE BELLES

ESTAMPES

MODERNES

LA PLUPART

AVANT LA LETTRE

Pièces curieuses sur l'Amérique, publiées à New-York

APPARTENANT A M. Martineau

DONT LA VENTE AUX ENCHÈRES PUBLIQUES AURA LIEU

HOTEL DES COMMISSAIRES-PRISEURS

Rue Drouot, n° 5

SALLE N° 3, au 1er étage.

Le Mercredi 4 Mars 1857,

A DEUX HEURES,

Par le ministère de Me **DELBERGUE-CORMONT**, Commissaire-Priseur, rue de Provence, 8,

Assisté de M. **VIGNÈRES**, marchand d'Estampes, rue de la Monnaie, 13, à l'entresol; entrée rue Baillet, 1,

chez lequel se distribue cette notice.

EXPOSITION PUBLIQUE

Le Dimanche 1er Mars 1857, de une heure à 4 heures.

PARIS

MAULDE ET RENOU

IMPRIMEURS DE LA COMPAGNIE DES COMMISSAIRES-PRISEURS

rue de Rivoli, 144.

1857.

DÉSIGNATION

DES ESTAMPES

1 **Adam** (P.). La maladie de Las Casas, d'ap. Hersent. Très-belle ép. toute marge.

2 **Allais.** Van Dyck peignant son premier tableau; Properzia de Rossi sculptant son dernier ouvrage.— 2 p. d'ap. Ducis. Très-belles ép. toute marge.

3 **Angell** (S.). Vois-tu?; Est-il mûr?; le Canard; le Goujon. — 4 p. d'ap. Rioult, manière noire.

4 **Anonyme.** Le maréchal Ney d'ap. nature, tel qu'il a été déposé à l'hôpital de la Maternité 2 jours après sa mort, 7 décembre 1815, grav. au pointillé imprimée avec teinte jaune, publiée à Londres. Sup. ép. toute marge. Rare.

5 **Aubry-Lecomte.** Le fleuve Scamandre, d'ap. Lancrenon. Sup. ép. avant la lettre Chine, toute marge.

6 — Danaé, d'ap. Girodet. Sup. ép. avant l. l. Chine, toute marge.

7 — Ariadne abandonnée; Sommeil d'Érigone, 2 sup. lith. conjointement faites avec Girodet Trioson avant l. l. sur Chine.

8 — Tête d'odalisque; Toilette de Vénus, par Dassy. d'ap. Girodet Trioson. Très-belles ép.

9 — Port. de Châteaubriandt. Sup. ép. Chine, d'ap. Girodet Trioson.

10 **Auvrest.** Louis XVI à cheval, dessin à la plume et lavé.

11 **Bein.** La Nymphe effrayée, d'ap. Lancrenon. Sup. ép. avant l. l. toute marge.

12 **Bennett.** Vue de l'incendie de New-York en 1835, vue de la Banque ; Ruines après l'incendie, vues de la place d'Exchange. — 2 p. manière noire, coloriées d'ap. Calyo. Très-belles ép. toute marge.

13 — New-York, d'ap. Hill, prise de Brooklyn. Très-belle vue en couleur publiée à New-York.

14 **Bettanier.** Les coulisses de l'Opéra, d'ap. Gavarni ; le Cirque olympique. — 2 p. Très-belles lithog. en couleur.

15 **Bosq** (J.). Les Adieux au monde, d'ap. Haudebourt Lescot. Très-belle ép. toute marge

16 **Bosselmann.** Cambronne, Drouot et Napoléon, avant l. l. — 3 port. très-beaux.

17 **Burdet.** L'Amour et Psyché, d'ap. Picot. Sup. ép. avant l. l. toute marge.

18 **Caron** (T.). La Famille indigente, d'ap. Prud'hon. Très-belle ép. toute marge.

19 **Charlet.** La Garde meurt et ne se rend pas. Très-belle ép. d'une belle pièce.

20 **Claessens** (L.-A.). La Femme hydropique, d'ap. Gérard Dow. Sup. ép. lettre grise, toute marge.

21 **Colette.** Les Quatre Saisons : le Printemps, l'Été, l'Automne, l'Hiver. — 4 jolies p. lith. à la plume, Chine.

22 **Cornilliet.** La Femme de Rubens. Très-belle ép. manière noire.

23 **Desnoyers.** François Ier et sa sœur, *Souvent femme varie, bien fol est qui s'y fie*, d'ap. Hersent. Sup. ép. toute marge.

24 — Phèdre et Hippolyte, d'ap. P. Guérin. Sup. ép. lettre grise avec le cachet N, toute marge.

25 — La même. Sup. ép. avec l. l. et le cachet N, toute marge.

26 — Sainte Catherine d'Alexandrie, d'ap. Raphaël. Sup. ép. l. grise, toute marge.

To 6

27 **Dick** (A.). La reine Victoria, d'ap. Parris, très-beau port.

28 **Doney**. La Vierge au manuscrit, d'ap. And. del Sarte; saint Joseph, par Cornillet, d'ap. le Guide. — 2 p. manière noire très belle.

29 — Dona Seraphina, d'ap. Paris; Pense-t-il à moi, par Chollet, d'ap. Devéria. — 2 p. belles.

30 **Durand** (A.-B.). Andrew Jackson, général, d'ap. J. Vanderlyn. Sup. ép. l. grise, d'un beau port. en pied publ. à New-York, toute marge.

31 — Le même. Ép. Chine l. grise rog.

32 — Le même, avec l. l. toute marge.

33 — Déclaration de l'indépendance des États-Unis, 1776, d'ap. Trumbull, avec le trait explicatif. Une ép. en mauvais état ayant été coupée en morceau par le graveur. Sup. ép. — 2 p.

34 — Musidora, jeune personne nue prête à se baigner, avec des vers tirés des Saisons de Thomson. — Jolie p. Très-belle ép. publ. à New-York. Rare.

35 — Specimen des bank-notes américaines. — Belle pièce.

36 **Garnier**. Orphée et Euridice, d'ap. Drolling. Sup. ép. toute marge.

37 **Gelée**. Daphnis et Chloé, d'ap. Hersent. Sup. ép. avant l. l. toute marge.

38 **Geraut**. Henri IV, Sully et Gabrielle. Sup. ép. avant l. l. La Leçon d'Henri IV, par Allais, avec l. l. — 2 p. d'ap. Fragonard. Sup. ép. toute marge.

39 **Girardet**. Mort du duc de Berry, d'ap. Fragonard. Sup. ép. avant l. l. toute marge, avec le trait explicatif.

40 **Giraud** (d'ap.). Danses espagnoles, El Jaleo de Cadix, El Vito de Sevilla. — 2 p. par Charpentier et Tessier. Sup. ép. sur Chine color.

41 **Godefroy** (J.). 1813. Bataille d'Austerlitz, d'ap. Gérard, 1810. Sup. ép. avant l. l. toute marge, les noms d'artistes à la pointe seulement.

42 — Congrès de Vienne, d'ap. Isabey. Sup. ép. avant l. l. toute marge, avec l'explication des personnages lith. par Isabey.

43 — Congrès de Vienne, avec l. l. Sup. ép. avec l'explication des personnages lith. par Isabey.

44 **Grevedon**. Françoise de Rimini, d'ap. Coupin. Sup. lith. avant l. l. Chine, toute marge.

45 — Zéphyr, d'ap. Prud'hon. Sup. ép. avec les noms d'artistes seulement. Chine, toute marge.

46 **Hawkins** (Geo). Building for the great Exhibition in London, 1851. Très-belle lith. en couleur (le Palais de Cristal).

47 **Henriquez**. Louis XVI, d'ap. Boze; Louis XVIII, par Audouin. 2 très-beaux port.

48 **Hill** (J.). Vue de New-York, prise de Brooklyn Heights. Très-beau dessin original.

49 — Broadway New-York, d'ap. Hornor. Très-belle vue aquatinte color. publ. à New-York.

50 **Jazet**. Serment du Jeu de Paume, d'ap. David. Sup. ép. avant l. l. toute marge, avec le trait explicatif.

51 — ? Apothéose de Napoléon, d'ap. H. Vernet. Sup. ép. avant toutes l. toute marge.

52 — Grenadier de l'île d'Elbe, d'ap. Horace Vernet. Sup. ép. avant toutes l. toute marge.

53 — Lassalle, général, d'ap. Gros. Sup. ép. avant l. l. d'un très-beau port. en pied, toute marge.

54 — Colbert, général, d'ap. Gérard. Sup. ép. avant l. l. d'un très-beau port. en pied, toute marge.

55 — Soldat de Waterloo, d'ap. H. Vernet. Sup. ép. avant l. l. toute marge.

56 — Souvenirs de la grande armée : Bougie, 1849. — 2 p. d'ap. Léon Coignet. Très-belles ép. toute marge.

57 **Johannot**. Le Trompette mort; le Chien du régiment, par Le Comte. — 2 p. d'ap. Horace Vernet. Sup. ép. avant l. l. toute marge; les noms d'artistes à la pointe seulement.

Ls. 25

Fo 100

D.F.

[illegible]

58 **Kelly** (T.). Washington près de son cheval, d'ap. G. Stuart. Sup. ép. d'un beau port. en pied, rare, toute marge, pub. à New-York.

59 **Lafosse,** d'ap. Murillo. L'Annonciation; sainte Élisabeth de Hongrie. — 2 très-belles lith. Chine.

60 **Landseer** (Th.). The Deer Pass, d'ap. Ed. Landseer. Sup. ép. toute marge. (Le Passage des daims). Grande et belle pièce anglaise.

61 **Laugier.** Léonidas, d'ap. David. Sup. ép. avant l. l. toute marge.

62 — La Mort de Sapho, d'ap. Gros. Très-belle ép. toute marge.

63 — Le Zéphyr, d'ap. Prud'hon. Très-belle ép. toute marge.

64 **Lefèvre** (A.). Le Roi de Rome dormant, d'ap. Prud'hon. Sup. ép. avant l. l. sur Chine, avec la vignette au bas : Mère regardant son enfant qui dort, toute marge, rare.

65 — Le général Foy, d'ap. H. Vernet. Sup. ép. avant l. l. sur Chine, toute marge.

66 — Le même, avec l. l. Chine, toute marge.

67 **Lemaître.** Mort de Rolland, d'ap. Michallon. Très-belle ép. toute marge.

68 **Leroux.** La Dame de charité, d'ap. Mme Haudebourt. Sup. ép. toute marge.

69 **Lignon** (F.). La Vierge au poisson, d'ap. Raphaël. Sup. ép. avant l. l. toute marge.

70 — Vierge au poisson. Très-belle ép. avec l. l. toute marge.

71 — Talma, d'ap. Picot, avant l. l.; Mlle Mars, d'ap. Gérard. 2 sup. ép. toute marge.

72 — Mme de Genlis, d'ap. Mme Cheradame. Sup. ép. l. grise, toute marge.

73 **Longhi.** Le mariage de la Vierge, d'ap. Raphaël. Sup. ép. avant l. l. avec les vers, lettres blanches, toute marge.

74 **Lowe** (R.). Washington (à la mémoire de), d'ap. la plume de S. Green, très-beau port. publié à New-York.

75 **Lucas**. Le Nid ; la Mésange. — 2 p. d'ap. Dubuffe, en manière noire. Très-belles ép. toute marge.

76 **Massard** (R.-U.). Les Sabines, d'ap. David. Sup. ép. avant l. l. toute marge.

77 — Homère, d'ap. Gérard. Sup. ép. l. grise, toute marge.

78 — Atala, d'ap. Girodet Trioson. Sup. ép. avant l. l. toute marge.

79 — Atala. Sup. ép. l. grise sur Chine, toute marge.

80 — La même. Très-belle ép. avec l. l. toute marge.

81 — Silence de la Vierge, d'ap. Raphaël. Sup. ép. avant l. l. toute marge.

82 — La même. Sup. ép. l. grise, toute marge.

83 **Morghen** (Raphaël). La Cène, d'ap. Léonard de Vinci. Sup. ép. avant la virgule, toute marge.

84 — Les trois Ages, d'ap. Gérard. Sup. ép. toute marge.

85 **Muller** (H.-C.). L'Enlèvement de Psyché, d'ap. Prud'hon. Sup. ép. toute marge.

86 **Pelée**, d'ap. Dominiquin. Saint Jean, évangéliste. Sup. ép. avant l. l. toute marge.

87 **Pichard**. Regrets; d'ap. Verdier. — Jolie p. très-belle, toute marge.

88 **Prévost** (Z.). Corine au cap Misène, d'ap. Gérard Sup. ép. toute marge.

89 **Reynolds**, d'ap. Bonington. La jeune Fille malade ; le Billet doux. — 2 p. belles.

90 — d'ap. Delaroche Philippo Lippi ; Jeanne d'Arc, par Bouchardy. — 2 p. belles.

91 **Richomme**. Andromaque, d'ap. Guérin. Sup. ép. l. grise avec le cachet de P. Guérin, toute marge.

92 — Neptune et Amphitrite, d'ap. J. Romain. Très-belle ép. toute marge.

93 **Roehn** (d'ap.). Sollicitude; la Charité chrétienne. — 2 belles lith. Chine.

94 **Rollet** (R.). Jocelyn aux pieds de l'évêque, d'ap. Jacquand. Très-belle ép. toute marge.

95 **Ruhierre**. L'Arioste, d'ap. Mauzaise. Sup. ép. toute marge.

96 **Sherwin** (J.-K.). Le Christ apparaissant à la Madeleine, d'ap. R. Mengs. Très-belle ép.

97 **Sixdeniers**. Prosperzia de Rossi sculptant son dernier ouvrage, d'ap. Ducis. Sup. ép. avant l. l. toute marge.

98 **Sudre**. N.-S. Jésus-Christ, d'ap. Ingres. Belle lith. Chine.

99 **Tardieu**. Communion de saint Jérôme, d'ap. Dominiquin. Sup. ép. avant l. l. toute marge.

100 **Varin**. Les Moissonneurs dans les marais pontins, d'ap. Léop. Robert. Très-belle ép. toute marge.

101 **Wass** (C.-W.). The judgment of Paris, d'ap. W. Etty. Sup. ép. manière noire, toute marge.

102 **Dessins chinois**. Oiseaux et papillons dans des fleurs. — 6 belles pièces.

103 **Portraits** de Mme Guy Stephan, par Camaret, en noir et en couleur.

104 — de Mme Guy Stephan, par Victor Dollet, en noir et en couleur.

105 — de Duchesnoy, Ellsler, Lagrange, Lecomte, Nourrit, Mars, etc. — 14 p. noir et couleur.

106 — Costumes, Modes, etc. — 48 pièces.

107 — Beauharnais, Boyer, Drouais, etc. — 16 p. et fac-simile.

108 **Lithographies**. L'ombre de Washington, curiosité naturelle au bord du Mississipi, noir et couleur. Vues diverses de New-York, l'incendie, le Western, son départ, rail-way, meeting de Méthodistes, scènes curieuses de l'amalgamation des noirs aux blancs, Osceola naturel de la Floride, etc., etc. —

35 p. très-curieuses sur l'Amérique. Pourra être divisé.

109 — Mariage de l'empereur Napoléon Ier avant J. I. avec le trait explicatif, et autres. 12 p.

110 — Napoléon au mont Saint-Bernard, apothéose; l'Empire, c'est la paix; Polka; Chasses, Alfred de Dreux. — 8 p.

111 — Paysage, Bélisaire, etc. — 8 p.

112 — Sujets mythologiques tirés des peintures d'Herculanum; la Marchande d'amour et autres. — 15 p. coloriées.

113 — Morceaux de musique. — 14 p.

114 **Cartes** des chemins de fer. Caen, Chartres, Nord, Paris, etc., etc. — 37 cartes diverses.

115 — Départements de la France, par Dufour. — 9 cartes.

116 — Départements de la France, chez Dussillon. — 18 cartes.

117 — Besançon, Nantes, Rennes, Strasbourg, etc., feuilles séparées de Hyacinthe Langlois. — 20 cartes.

118 — Plans de Paris, hydrographie du bassin de la Seine, Pays-Bas, Eure, etc. — 13 cartes.

119 — Plans de Paris, Amérique, Etats-Unis, New-York, etc. — 19 cartes.

120 — Tableaux de géométrie pratique, mécanique et de fortification. — 3 p.

121 — Très-beau plan topographique de la cité de New-York, collé sur toile, verni, et son rouleau, publié à New-York.

122 — Les Etats-Unis ornés de vues et portraits de Washington, Jefferson, Madisson, Monroe, J. Adams, Jackson, Van Buren. Sup. carte collée sur toile, vernie, avec son rouleau, publ. à New-York.

Maulde et Renou, Imprimeurs de la Compagnie des Commissaires-Priseurs, rue de Rivoli, 144. 803

Aff à la Poste — 1

Port des Estampes 2

2 mains de papier 1/2 environ 3

www.ingramcontent.com/pod-product-compliance
Ingram Content Group UK Ltd.
Pitfield, Milton Keynes, MK11 3LW, UK
UKHW020456220726
13923UKWH00006B/2569

9 782019 481933